휴가 여행처럼 살아가리라

휴가
여행처럼

살아가리라

들풀 지음

들에 풀이

나였더라……

좋은땅

서문

2005년 겨울 갑자기 아주 갑자기 글을 적어야 한다는 생각이 들었다. 순간순간 삶의 기쁨과 고뇌, 긴박함을 사랑하는 민수 민주에게 전달해야 한다는 의무감에서였다.

단순한 일상에서 많은 생각과 고뇌 없이 세월의 흐름에 맡겨 둔 내 인생을 찾기 위해서이기도 하였다.

보편적인 일상과 짧은 문장력 때문에 망설였지만 순간의 느낌과 생각은 다시 돌이켜 보면 시간의 흐름에 충실하여 과거로 잊힌다는 생각에 망설일 이유가 없기도 하였다.

언젠가 아빠의 글을 읽게 될 민수와 민주의 삶은 모든 사람들과 세상의 어느 무엇과 견주어도 부끄럽지 않은 삶을 살아가고 있다고 믿는다.

항상 밝음과 어둠을 보면서 밝은 삶을, 언제나 기쁨과 슬픔을 느끼면서 기쁜 삶을, 언제나 행복과 불행을 생각하면서 행복한 삶을 살아가길 바란다.

목차

1부
휴가 여행처럼 살아가리라

2부

저마다 바보

3부

산에 물들어 산이 되고

1부

휴가 여행처럼 살아가리라

낙타

수많은 모래 언덕을 넘어
고달픈 발걸음을 내딛는다
뜨거운 태양을 온몸으로 맞고
모래 땅의 붉은 열기를 마시며
고달픈 발걸음을 내딛는다
찬란한 도시의 새하얀 불빛을 눈에 담고
하늘 솟은 빌딩 숲을 헤매며
고달픈 발걸음을 내딛는다
거미줄의 도로는 익숙하여
검은 거미가 따라오지 못할 때
고달픈 발걸음을 내딛는다
사막의 그 낙타는
빌딩 숲을 헤매는 낙타가 된다

술

만남은 서로의 마음을 공유해
결코 이별을 생각지 않아도 좋아

만남은 서로의 미래를 공유해
결코 실패를 걱정하지 않아도 좋아

만남은 서로의 슬픔을 공유해
결코 아픔을 느끼지 않아도 좋아

그렇게 만남은 서로를 공유하지만
결코 술이 빠지면 의미는 빈 잔이 돼

첫날 새벽의 기도

항상 성취와 좌절을 겪으면서도
겸손한 삶이 되게 해 주소서
항상 밝음과 어둠을 보면서도
밝은 삶이 되게 해 주소서
언제나 기쁨과 슬픔을 느끼면서도
기쁜 삶이 되게 해 주소서
언제나 행복과 불행을 생각하면서도
행복한 삶을 살아가도록 해 주소서
언제나 만남과 헤어짐을 반복하면서도
새로운 만남이 있게 해 주소서
어떤 땐 아름답고 어떤 땐 추한 삶일지라도
살아 있는 자체에 감사하게 해 주소서

반백 년 살고 처음 맞이하는 새벽
동쪽 하늘 바라보며

나머지 반백 년도 이렇게 살아가길

간절히 간절히 기도합니다

휴가 여행처럼 살아가리라

한 줄 문장이
눈물로 책을 덮게 하고
소박한 눈앞의 경치가
시간을 멈춘다

찍어야 할 추억의 사진은
푸른 하늘 허공에 담고
먹어야 할 맛집의 음식은
본능의 배고픔에 물어본다

달콤한 휴가 여행이다

하루하루 그 순간들이
쉼 없이 뛰는 심장에 새겨지고
하루하루 모든 하루가 가면

심장마저 쉴 수 있는 여행이 끝나겠지

휴가 여행처럼 살아가리라

살아가는 것은

살아가는 것은
거미줄을 타는 것과 같습니다
거미가 되어
자유롭게 돌아다니기도 하고
어떤 땐
길목 좋은 곳에 거미줄을 뻗으며
앞으로 잡힐 먹이들 생각에
행복하기도 합니다
또 어떤 땐 아무 이유 없이
파리 한 놈 잡히지 않고
쫄딱 굶기도 합니다

아이쿠
난 거미가 아니라 파리였네요
벗어나려고 하면 할수록

찐득한 거미줄이 몸을 감싸옵니다

살아가는 것은
거미줄에 걸린 파리와 같습니다
언젠가 거미줄처럼 병든 몸이
찐득하게 옭아매어 서서히
죽음을 맞이할 테니 말입니다

2023년 새해 소망

무언가를 위해

무언가를 하지 않는 삶이 되게 해 주세요

매일 웨이신 친구를

몇 명씩 지울 수 있게 해 주세요

더 이상 어떠한 어플도

추가하지 않게 해 주세요

무의미한 말들을

열정을 다해 뱉지 않게 해 주세요

창자의 노랫소리를 통해

배고픔을 느낄 수 있게 해 주세요

더 이상 아름다운 것들을 찾아

헤매지 않게 해 주세요

새해에는 아무것도 더

하지 않는 삶이 되게 해 주세요

그리고 저녁 석양 바라보며

조용히 기도하게 해 주세요

쳇바퀴에서 빨리 내려와

열심히 운동해서
빨리 살을 뺀 사람이 대단한가!
한순간에 술과 담배를
끊어 버린 사람이 대단한가!
한순간의 깨달음으로
금욕적인 사람이 대단한가!
배우고 많이 공부해서
많이 아는 게 대단한가!

대단한 사람은
살이 찌지 않고
항상 건강한 몸을 유지하는 사람이지
술과 담배를
처음부터 하지 않은 사람이지
깨달음 없이

아름다운 사랑을 하는 사람이지
배우지 않아도 지혜가 있어
사리 분별이 뚜렷한 사람이지

우리는
쳇바퀴에서 벗어나야 해
쳇바퀴 밖에서
그냥 가만히 서 있는 것이
정말 대단한 거야

격리

헛되이 걸어온 길은 없다
지금 내가 여기 서 있기에
길은 아직 끝나지 않았기에

모든 상실을 넘어

법과 질서, 도덕과 양심
죄와 벌, 선과 악
종교와 철학, 문학과 예술

오직
인간이 만든 틀 속에서
자유는 의미를 가진다
그 틀에서 벗어나면
자유는 의미를 상실한다

꿈속에 머물다 현실이 되면
모든 상실을 넘어
나를 가두는 것은
자유란 테두리뿐이었다

메밀국수를 먹으며

순수 메밀로 만든 국수가
일상의 생각이 필름 영화처럼
끊어지면 밀가루를 섞어 준다

어제와 같은 오늘
내일도 변화 없을 거라는 생각에
존재에 대한 감사의 마음과
아름다운 자연의 경이로운 감정을
잘 버무려 주어야 한다

그러면,
어떤 기대와 희망도 없던 일상이
작은 기쁨들로 넘쳐 나고
평범함 속에서
특별한 순간을 느끼게 된다

그 속에서

메밀국수가 맛있어지고

삶은 아름다워진다

님의 목소리

목소리가 듣고 싶은데 전화를 받지 않습니다
하지만 괜찮습니다
언젠가 만날 수 있기 때문입니다

목소리가 듣고 싶은데 전화를 걸 수 없습니다
사라지는 기억에 반가운 감정도 잠시
다시 망각의 세계로 빠집니다
가슴 깊은 곳에서 뜨거움이 솟아오릅니다
뜨거운 눈물이 흐르고 귀가 먹먹해 옵니다
거칠게 뛰는 심장에 숨조차 쉴 수 없습니다

목소리가 듣고 싶어서 전화를 걸어 봅니다
이미 보고픈 님은 통신사의 신호가 없는
하늘나라로 갔습니다
보고픔은 밤하늘의 별이 되어

반짝이는 슬픔이 됩니다

엄마

사는 것 자체가 사치라고 느껴질 때
다시 엄마의 배 속으로 숨고 싶다
아낌없던 모든 사랑 가슴에 고이 안고

가을비

숨어드는 그림자를 보며 눈을 떴었다
촉촉한 대지의 숨결 느끼며 잠을 깬다
삶의 몸부림은 차가운 바람에 날린다
마음을 찌르는 바람의 숨결에
어둠이 살아나 휘파람 분다

조니 핸리

하루 종일 같이 있어도
말 한마디 걸어오지 않는다

밤하늘 별에 외로워 눈물 흘릴 때
아무런 슬픔 없이 누워 있다

아파 홀로 고통에 뒹굴 때도
묵묵히 사료를 먹고 물을 마신다

하루 종일 해야 할 일 없고
하루 종일 하고 싶은 일 없고
졸리면 자고 일어나면 어슬렁거린다

과거의 기억도 없고 미래의 계획도 없다
말을 못 해 어쩔 수 없이 그렇게 산다

사람은 말이 많아

과거 기억도 있고,

하고 싶은 것도 있고

영원히 살고 싶어 한다

절에 고승은 묵언 수련으로 극복했다

시국(時局)
한국 정치인 이야기

예전엔,

보고 들은 사실이 생각으로 담금질되어

값진 경험의 지혜가 되었다

지금은,

이미 가공된 정보들이 머리에 저장되고

생각이 더 이상 필요 없게 되었다

심지어,

머리에 저장된 기억마저

핸드폰 속 정보로 대체되었다

더 이상,

머리는 생각이 사라지고

간단한 저장 기능마저 상실했다

단지,

인간의 머리는 포르노만 남아

연일 벌어진 입으로

더러운 오물들만 쏟아 낸다

외로운 설날

그리움이 그리워

찾아든 두메산골 오두막

흙담에 옥수수 열리고

마당엔 파란 유채 돋아날 때

휘얼휠 타는 장작불에

쌀밥이 하얗게 익어 가던 밤

그리움은 외로움이 되어

밤하늘에 별로 박히고

밤하늘에 별로 박히고

쏟아질 것 같은 외로움을

무심한 구름이 가리니

밝았던 검은 하늘에서

차가운 새벽 비를 뿌리네

비 오는 날

논두렁 고무신 신고 걷던 기억!
뒤돌아보면 떡에 붙은 팥마냥
논두렁에 붙어 있는 검정 고무신

아무도 없는 집 무심히 바라본 창밖 기억!
세상에서 제일 고귀한 양 잘난 체하는 목련잎을
무뚝뚝 건드리는 굵은 빗방울

어릴 적 동네 동무들과 놀던 기억!
이유 없이 싫어져 숲바 나무 밑 동무들과 숨어들면
자꾸 찾아와 놀자고 귀찮게 하는 빗줄기

비 오는 날이면 어릴 적 기억 생생히 살아나는
마법 문이 열리는 날

어느 성탄 전날
청두 추억

길거리 좌판 깔고 와인 마셨던 날
하늘에선 흰 눈꽃 송이 떨어지고
무슨 좋은 일 있을까 설레는 마음
그렇게 한잔 두 잔 밤은 깊어 가고
성탄 전날 밤중 제일 재미나다고
같은 마음 다른 생각 떠들어 대다
한 놈 배신하고 챙겨 집에 가니
닭 쫓던 개마냥 어쩔 줄 모르고
갑자기 밀려오는 육신의 피곤함
그렇게 성탄절 새벽을 맞이했네

스스로 노예가 된 세상

회색 세상엔 향기가 사라진 지 오래다
이진법이 모든 사회 시스템을 지배하고
세상 모든 아름다움과 느림은 멸종되었다
인간의 무관심에 병든 십진법은 멸종되어
고분 벽화 구석에나 흔적을 찾아볼 수 있다
갈수록 폭력적인 지배자는 자기 학습으로
인간을 스스로 감옥에 들어가게 만들고
철창 속 곰의 흘러내리는 쓸개즙처럼
육체와 정신의 진액을 뽑아낸다
지친 인간은 더 이상 견디지 못하고
머리에 꽃을 꽂조차 없는 세상을 노래한다
영일영영영영일영일일영영일영일영……

자전거

넘어지지 않기 위해 돌아가는 바퀴 두 개

내리막길 새가 되어 고개 들고 하늘 날고

오르막길 하늘 이불 덮고 추위 태우네

이쁜 꽃 핀다고 봄이 속삭이지만

넘어지기 싫어 앞만 보고 달리네

아름다운 눈이 내린다고 겨울이 속삭이지만

미끄러지기 싫어 땀 흘리며 달리네

계곡이 좋다고 여름이 속삭이지만

넘어지기 싫어 평탄 길만 달렸네

세월 흘러 동그란 바퀴 너들너들해지고

아무리 노력하고 땀 흘려도 달릴 수 없네

가을에게 애원해도 달릴 수 없네

이제 마지막 소원은

넘어져 계곡에 쉬어 보는 것

넘어져 꽃향기 맡아 보는 것

넘어져 눈 위 뒹굴어 보는 것

새벽 비

해 질 녘 고요히 어둠 태어나고
도시의 빛들 잔치를 시작할 때
어둠의 걸음마 빛들에 쫓겨
도시의 구석구석 파고든다
뜨거웠던 땅 차갑게 식어갈 때
빛은 술 취한 망나니 되어 춤춘다
구석에 파고든 어둠 새끼를 낳고
그 울음에 빛들도 숨을 죽일 때
차가운 숨으로 신음하는 땅 위에
뜨거운 눈물로 떨어진다

코로나의 교훈

가기 싫어 가지 않는 것은
나를 위한 일이라 생각했습니다
갈 수 없어 가지 못할 때
나는 비로소 깨달았습니다
가기 싫어 가지 않는 것은
나를 위한 일이 아니라는 것을
갈 수 있을 때 가지 못한 것은
누군가의 忌妒라고 생각했습니다
갈 수 있을 때 가서 만났을 때
나는 비로소 깨달았습니다
갈 수 있을 때 가지 못한 것은
갈 수 있을 때 가지 않았다는 것을

스마트폰

다윈 씨가 옳았습니다

사람이 진화하고 있습니다

예전엔 손가락이 다섯 개 있었는데

지금은 손가락이 여섯 개 있습니다

예전엔 다섯 개 가진 사람이 많았지만

지금은 모두 여섯 개 가지고 있습니다

예전엔 얼굴에 붙은 눈으로 세상을 보았지만

지금은 새로 생긴 손가락으로 세상을 봅니다

더 이상 얼굴의 앞뒤를 구분할 수 없게 되었습니다

예전엔 머리 굴리는 소리에

새소리, 바람 소리, 물소리가 들리지 않았지만

지금은 새로 생긴 손가락이 다 해 줍니다

더 이상 머리 굴릴 일이 없지만,

여전히 새소리, 바람 소리, 물소리는

들리지 않습니다

드디어 몸뚱이 제일 위에 있는 머리는

팔 끝 새로 생긴 손가락에게

모든 권한을 넘겼습니다

머리는 이제 그냥 껍데기로 전락했습니다

세상은 손가락 큰 놈이 장땡이 잡은 놈이 되었습니다

빅뱅

빅뱅처럼 발전하는 문명
과거는 절대 되풀이되지 않는다
주체인 인간은 없음으로 수렴되고
궤적은 풍요와 편리함을 남긴다
누가 아는가!
풍요와 편리함은 욕망과 쾌락의 껍질
문명은 종말을 맞고
과거의 아름다움은 반복되어야 함을

통찰

오늘이 어제가 아니듯
현재의 나는 순간이다
영원은 순간에 존재하고
영혼은 찰나에 생존한다
어제 너의 기억 속 나는
지금 순간 나로 변하어
너의 생각을 꿰뚫는다

친구

도원의 결의가 꽃이 되어
동지의 피가 그 잎에 물들 때
무심히 불어오는 바람이
살아온 세월을 깨운다

그리운 벗들의 얼굴이
불어오는 바람에
도화의 꽃잎 되어 떨어지고
예전 다짐했던 영원한 우정도
흔적 없이 사라진다

2부

저마다 바보

어떤 이의 생각

어떤 이는
지금 자신의 위치에서 과거를 해석한다
과거 모든 열등한 부분을 잊고
화려했던 부분만 기억한다
같이했던 많은 친구와 지인들이
모두 그렇게 다시 자리 매겨진다

어떤 이는
지금 자신의 위치에서 미래를 예측한다
미래의 모든 불확실한 부분을 부정하고
긍정적인 부분만을 상상한다
같이할 많은 친구와 지인들이
모두 그렇게 다시 자리 매겨진다

어떤 이는

지금 자신의 위치에서 현재를 살아간다

현재 모든 객관적 사실들을 외면하고

자신이 보고 싶은 것 보고 듣고 싶은 것 듣는다

같이하는 많은 친구와 지인들이

모두 그렇게 다시 자리 매겨진다

어떤 이는 우리다

우리는 어떤 이에 의해

다시 자리 매겨졌으며, 자리 매겨지고,

자리 매겨질 것이다

그렇게 우리는 과거를 살았고

현재를 살며 미래를 살아갈 것이다

어떤 이가 아니라 우리끼리 살아갈 때

과거와 현재와 미래는 우물 속으로 들어간다

어느 날

어제와 같은 오늘이었지만

오늘과 같은 내일이 아닐 수 있습니다

매번 접하던 반복된 일상에서도

내일은 오늘과 다를 수 있습니다

우리 삶은 고리에 고리로 연결되어

빠져나가고자 발버둥 쳐 보지만

고리는 수갑처럼 옥죄어 오고

또 다른 고리가 엮이어 옵니다

어느 날

그렇게 인생은 무한 나락으로 떨어지고

사랑했다 말도 못 해 본 이들을 떠나보냅니다

어느 날

어제와 같이 오늘을 살았지만

내일은 오늘과 다른 날이 되어 있었습니다

뭔가 잘못된 무엇이 있었지만

들뜬 마음으로 알기엔 부족했었습니다

어느 날

내일은 오늘도 어제도 느껴보지 못한

상상도 하지 않았던 세상이 되어 있었습니다

무너지는 산을 바라보며

무너지면 큰일인 것을 알고 있지만

그저 무너지지 않았으면 빌고

밀어닥치는 거대한 홍수에

모든 농사가 떠내려가는 것을 보면서

그저 조금이라도 남았으면 빌었습니다

어제와 같은 오늘은 있지만

언제나 오늘과 같은 내일은 없습니다

그렇게 갑자기 닥쳐오는 것이

어느 날입니다

71억

늙으면 돈이 필요합니다
맛나는 것도 사 먹고
따듯한 옷도 사 입고
좋은 곳 구경도 가고
많으면 많을수록 좋습니다
71억이 있기를 간절히 빕니다
그러기 위해 오늘도 시를 적습니다
아름다움을 아름답게 간직하기 위해

하루의 의미

무의미한 하루의 길 복판에
어지러이 널린 다른 이의 발자국을
홀로 서서 바라본다

막 비 그친 희뿌연 하늘은
왔던 길과 가야 할 곳을 섞어 놓을 때
조급한 마음은 발자국 되어 찍힌다

길 끝에 내려온 어둠이 발자국을 지우고
지나온 길이 의미 속으로 사라지면
하루를 살아온 목숨에 안도한다

하루살이의 꿈

제발

태어날 때 찬란한 태양이 떠오르게 해 주소서

하지만

어두운 먹구름에 태양은 빛과 열기를 잃었다

제발

맑은 하늘 푸르른 창공을 날게 해 주소서

하지만

하염없이 쏟아지는 비에

날개는 젖어 일어설 수 없었다

제발

어두운 밤하늘 찬란한 별들을 보며

죽을 수 있게 해 주소서

하지만

칠흑 같은 밤하늘 비는 그치지 않고

바람마저 불어왔다

제발

다음 생엔 이틀 동안 살 수 있게 해 주소서

하지만

하루살이의 바람은 이뤄지지 않았다

오늘

내가 허비한 하루는 하루살이의 일생이었다

저마다 바보들

하늘을 나는 개미가

물속 헤엄치는 꿀벌을 보며 놀려

"날지도 못하는 바보들아~"

우리는 저마다 잘할 수 있는 것과

하고 싶은 것이 있어

그래서 저마다

개미처럼 날기를 원하고

꿀벌처럼 헤엄치길 원해

Top Secret

문득 알게 되었어

아마도 세상에서

내가 처음일 거야

돼지우리

비닐하우스

스마트폰

서로 많이 닮았다는 사실을

혹시 잡스 형은 알았을까…

블랙홀이 된 人間, 그리고 神이 된 나

한 끼 식사 앞에

감사의 기도를 드리는 우리,

눈 뜨고 잠들 때까지 모든 순간

감사의 마음을 가지는 者

자신이 한 잘못에

용서를 구하는 우리,

과거부터 인류가 행한 모든 잘못에

용서를 구하는 者

특정 대상을

사랑하는 우리

모든 사람 나아가 모든 생명을

사랑하는 者

태초에 우리는 그 者였지만

인류의 진화하는 문명이

용서와 감사와 사랑의 대상을

지극히 작은 개인 안으로 밀어 넣었다

팽창하는 우주에서

주위의 모든 질량을 흡수하여

빛조차도 나올 수 없는 블랙홀

어느 순간

우리는 블랙홀이 되어 있었다

어느 날 그 者를 神이라 부르기 시작했다

그리고 난 神이 되었다

행복한 하루

거창한 목적이 아니라도
충분히 행복하리라
눈 뜨면 그냥 출발할 수 있기에
아니,
밤새 해가 뜨기만을 기다렸을 수도…

관계

존재는

먼지처럼 사라지고

사랑은

허공의 점이다

초인이 되리라
니체를 만나고…

지금까지
허무로
공허를 채웠다면

앞으로는
고독으로
공허를 채우리라

진리

나는 얘기하고픈데
들어줄 이 없네

미안합니다
용서해 주세요
고맙습니다
사랑합니다

하루의 그 끝에서

무수히 반복되는 크고 작은 모순들
의미와 무의미의 경계에 서서
잔인한 미소로 나를 가둔다

무심한 일상의 기쁨과 슬픔의 감정들
욕심의 외줄 위에 아스라이 버티며
비열한 속삭임으로 나를 속인다

슬픔이 없는 고양이의 표정 속에
고통의 순간들이 행복으로 나타나고
끝이 없을 것 같은
하루의 그 끝에서
마주친 낯선 나를
아무 아쉬움 없이 외면한다

하루를 보내는 방법

숨만 쉬어도 하루가 지나가네

뭘 위해 하지 않아도 좋아

그냥 졸리면 자고

졸리지 않으면 서성이면 돼

책도 집어 들고 두어 장 읽으면 돼

창문 너머 더위가 석양에 다 타 버릴 때

배고프면 먹고 고프지 않으면 그냥 굶지

시끄러운 소음이 사라지고 어둠이 덥히면

졸리면 자고 안 졸리면 그냥 눈 뜨고 있는 거야

완벽한 하루

약속하진 않았지만
새로운 하루가 찾아왔어
핵산 검사 줄을 서며 하늘을 보았지
금방 덮은 이불처럼 노을 진 하늘
새소리에 묻은 새벽 공기가 상쾌했어

복도 벽에 붙은 어린이 그림
녹색 파란색 핑크색 노란색
이쁜 색으로 아픔을 덮은 병원
CT 기계 속 누워 떠올린 어릴 적 추억은
사진으로 담기겠지

뭘 묻는지도 모르는 동의서에
서명을 멋지게 했었어
스스로 숨을 쉴 수 없다는 거야

조용한 두려움이 다가오다
뿌연 허공으로 사라졌어

창문 너머 어둠이 내리고
가겠단 말도 없이 하루가 가 버렸어
서운하진 않아
완벽한 하루였으니

오늘

비 오는 날은
비가 내려서 좋다

무더운 여름날은
작년보다 더워서 좋다

외로운 날은
그리울 사람이 있기에 좋다

슬픈 날은
아름다운 추억이 있기에 좋다

오늘은
그냥 좋다

나는 무엇인가

해가 뜨면 그림자가 생기고
어둠이 오면 허상은 사라진다

어둠이 와도 사라지지 않는 허상
해가 떠도 나타나지 않는 실상

허상이 실상이 되어 버린 세상

나는 실상인가! 허상인가!

지혜로운 者

멍청한 者는
하지 못할 것과
할 수 있는 것을
알지 못합니다
하지 말아야 할 일을 하고
해야 할 일을 하지 않습니다

똑똑한 者는
할 수 있는 것을 알고
해야 할 일을 합니다

지혜로운 者는
하지 못할 것을 알고
하지 말아야 할 일을
하지 않습니다

멍청한 者는
본인과 주위 사람이
바쁘고 불행합니다

똑똑한 者는
자신이 바쁘고 시간이 없습니다

지혜로운 者는
본인과 주위 사람이
여유롭고 행복합니다

지혜로운 者는
인생을 뺄셈을 하며 살며
똑똑한 者는
인생을 덧셈을 하며 살고
멍청한 者는
인생을 덧셈과 뺄셈의
개념도 모르며 살아갑니다

연립 일차 방정식

생각에 욕심이 더해지면
허상이 됩니다

허상에 빠져
욕심이 없다고 말한다면
생각이 없다는 사실입니다
그리고 욕심은 허상이 됩니다

우리들

독수리 친구 오리
날기 위해 벼랑 오르고
오리 친구 독수리
수영하기 위해 웅덩이 찾네
벼랑 끝 오리 멋지게 날아
바닥에 떨어져 죽었네
웅덩이 잔잔히 물결 일 때
독수리 물에 빠져 죽었네

날지 못하는 오리 수영 못하는 독수리
천국에 모여 잘 살았다 자축하고
다음 생엔 날아 보리라
다음 생엔 헤엄쳐 보리라
비장하게 노래하네

풍요로운 삶

혼자 있다는 것은
모두 외로운 것이 아닙니다
조용히 나 자신의 내면과
소통하는 시간입니다

혼자 있다는 것은
모두 슬프기만 한 것이 아닙니다
평온한 나를 만나는
진정한 기쁨의 시간입니다

혼자 있다는 것은
모두 한가한 것이 아닙니다
느리게 행동하며 복잡한
생각을 정리하는
삶을 단순화시키는

시간입니다

혼자 있다는 것은
행복의 시간이며
삶을 더욱 풍성하게 하는
충전의 시간입니다

의미 있고 행복한 일생

생의 본질은 존재에 있다

삶의 의미는
살아가면 차곡차곡 쌓여 간다
마치 추운 겨울 흰 눈이 쌓이듯

추운 겨울을 나는 최선의 방법은
얼어 죽지 않는 것이다

순간의 슬픔과 기쁨들은
존재 앞에선
보잘것없는 먼지가 된다

끝도 없이 어렵고 힘든 삶도
영원할 순 없고

무한의 욕심과 본능도
존재에 올라탄 벼룩과 같다

그래서
의미 있고 행복한 일생은
죽지 않고 살아가는 것이다

어떨 땐 벼룩이 물어
가려워도 상관없다
또 어떨 땐 먼지가 일어
앞이 보이지 않고
기침이 나도 상관없다
죽지 않고 살아만 있으면 된다

어머니

어머니 말씀이 생각이 나요
고양이 세 마리 같이 산다는 말에
"얼마나 외롭니! 얼렁 고향으로 돌아와라."
전 그때 외로웠어요
하지만 어머니 그 말씀에 외롭지 않게 되었어요

어머니
어머니 말씀이 또 생각이 나요
"상갓집에 좋아서 가는 사람이 누가 있니?"
그때 알았어요
좋아서 하는 일이 있는 반면에
당연히 해야 할 일들도 있다는 것을
어머니
어머니 말씀이 자꾸 생각나요
"밥 든든히 먹고 가라."

입대 전날 집 떠나기 전 라면을 끓여 주셨지요

면을 건져 먹고 국물을 마시면서

냄비 속에 얼굴을 묻고 많이 울었어요

집 떠나 고생하러 가는데 라면을 끓여 주셔서…

많이 서운해서 눈물이 라면 국물에 뚝뚝 떨어지도록 울

었어요

지금은 알겠어요

라면이든 밥이든 아무거나 배불리 먹으면 된다는 것을

꼭 무슨 날이면 뭔가를 먹을 이유가 없다는 것을

그냥 배고프지 않으면 그것으로 족하다는 것을

어머니 요즘도 전화하면

"밥은 잘 챙겨 먹고 지내니?"라는 말씀을 이해하게 되었

어요

보고 싶어서, 걱정되어서, 혹시나 굶고 지낼까 봐

항상 마음속에 걱정이 "밥은 먹었니."로 말씀하신다는 것을

"혼자 밥은 어떻게 챙겨 먹니? 굶지 말고 잘 챙겨 먹어라

외롭고 힘들면 고향으로 얼렁 돌아와라

그리고 항상 조심하고….”

어머니 저는 아직도 뭘 조심해야 하는지 모르겠어요
그리고 외로워서 힘들어서 고향에 가고 싶지 않아요
그냥 어머니가 보고 싶어 고향에 얼렁 가고 싶어요

어머니
오늘도 새벽잠에 깨어 어머니 얼굴 그리며 혼자 눈물 흘
려요
아직 어른이 되려면 멀었나 봐요…

감사의 기도

어둠이 오고 고요함이 녹아들 때
무릎 꿇고 두 손 모아 물어봅니다
들판에 국화처럼 향기로웠는지
불어오는 바람처럼 자유로웠는지
오롯이 나로서 산 하루였는지
헛되이 낭비한 시간은 없었는지
길 잃은 고양이의 불행함을 알기에
하루를 보내며 감사의 기도를 드립니다

숨쉬기

어떨 땐 숨쉬기에 집중할 이유가 있다
무의식의 숨쉬기는 생명 유지의 핵심
공기는 비용이 들지 않는 훌륭한 자원
숨쉬기는 공짜로 이뤄지기 때문이다
때론 공짜의 의미를 느낄 필요가 있다
감사의 마음은 공짜가 지속될 때 커지고
태어나서 죽을 때까지 공짜인 숨쉬기는
진정한 감사이며 경이의 최고 경지다
어떨 땐 숨쉬기에 집중할 필요가 있다

그리움

멀리 떨어진 거리만큼
걱정의 깊이도 깊어진다
한번 빠진 걱정은 뿌리 되고
떨어지는 눈물의 양분으로
빠알간 국화꽃을 피운다
시간 흘러 꽃잎 떨어지고
뿌리는 썩어 대지의 거름 된다
멀리 떨어진 거리만큼
슬픔의 깊이도 깊어진다

3부

산에 물들어 산이 되고

草链岭

산꼭대기 정상에 느런 들판 있고
노란 야생꽃들 피어올라 덮일 때
하늘의 석양은 꽃잎 색을 닮아
노랗다는 표현도 모자라 불타고 있네

계곡물 쓰다듬으며 올라오는 바람은
지친 몸 얼리지만 지친 마음 보듬는다
도라도란 山友와 한잔 술 마음 들뜨게 하고
들뜬 마음 석양의 광선 검 되어 날아간다

동쪽 하늘 이미 뜬 해는 구름에 갇혀 발버둥 치고
뜨거움 못 이겨 구름이 살며시 비켜 줄 때
수줍은 듯 고개 내밀다 다시 뒤에 숨어 버리네

어떤 이 살아가는 것이 고달픔이라 하였지만

이런 고달픔이 삶이라면 나는 행복하리라

물처럼 살리라

거센 폭풍을 몰고 왔던 바람이
흐르는 물처럼 순리롭게 흘러가라 하네

파란 하늘의 둥실둥실 떠 있는 구름이
조용한 호수의 반짝이는 물처럼 기다리라 하네

봄이면 어김없이 돋아나는 들풀이
바위에 구멍을 뚫는 물방울처럼 꾸준하라 하네

천 년 동안 숲속을 지키던 고목이
낮은 곳으로 흘러가는 계곡물처럼 겸손하라 하네

무심히 지나가는 세월이
거꾸로 흐르지 않는 강물처럼 나아가라 하네

동시대를 같이 살아가는 벗이

모든 것 다 품을 수 있는 대양처럼 너그러워라 하네

오늘도 그렇게 물과 같이 살아가리라

불변

변화지 않는 사실은

물이 아래로 흘러간다는 사실이다

마음은 때론 물이 되어

어디론가 흘러간다

그 순간

다시 돌아오지 않을

순간을 붙잡고

안타까워하는 것이

인간의 변화지 않는 모습이다

어느 심심한 날

녹색의 풀들이 어제 내린 봄비를 머금고
안개에 갇혀 희뿌연 하늘에서
수줍게 새어 나온 햇빛을 만날 때

키 큰 여린 나무만 골라 흔들어 대는
소리조차 없이 다가오는 바람은
마음속에 숨은 봄을 깨운다

의미 없는 시간이 배고픔을 선물하고
국수 한 그릇 먹고 나니 배고픔은 떠나고
의미 없던 그 시간만이 남아 있다

고요한 호수

숲속 인적 드문 한적한 곳
적당한 넓이의 호수 하나 외로이 있다
태양이 떠올라 숲속 나무 위에 오르면
그제야 비로소 햇살을 받으며
지난밤의 어두움을 걷어 낸다

살랑살랑 불어오는 바람에
비추던 나무, 하늘, 구름 흩어지고
잔잔한 주름으로 성숙한 모습 보여 준다
날아가는 새 비추며 무심히 무심히 바라보며
이미 많은 얘기를 했다는 듯
그렇게 그렇게 조용히 적막만을 품고 있다

석양의 시간에 아깝지 않고 집착하지 않는
굳은 마음 보이려고 미리미리 어둠을 품고

아무 일 없다는 듯
그렇게 그렇게 다시 잠들 준비한다

주위의 모든 사물 바쁜 척 설레발쳐도
잔잔한 잔잔한 주름진 얼굴로 바라보며
이내 평온함을 되찾는다

숲속 호수는 나의 마음이다

길

길이 있어
우리가 간 게 아니고
우리가 걸어왔기에
길이 생겼어

밤하늘 별 하나

어두운 밤하늘 별 하나
여럿이 함께 있을 때보다
홀로 반짝일 때 더욱 빛난다
왜일까?
외로워서일 거야

어두운 밤하늘 반짝이는 별 하나
외로워서 반짝이네

고독

낯선 곳에서
들이마시는 공기가
마음 깊은 곳 웅크린
고독을 깨운다

가로등 불빛 아래
아무렇게 뒹구는 나뭇잎
초라하고 초라하지만
그 초라함이
고독의 벗이 되고

지나온 발자국 낙엽 되어
마음 깊은 곳
추억으로 웅크린다

좋은 친구

살아가다 지쳤을 때
간절히 물어본다
신이시여!
왜 저는 세상의 낭떠러지
끝에
서 있어야 하나요?
신이 말한다
"그 세상이 너의 것이며
네가 서 있는 곳이 중심이니라."
나는 속으로 속삭인다
'빙신 지랄하네'

근데 참 좋은 친구일세…

산에 물들어 산이 되고

소중한 것을 찾아
많은 세월을 헤맸습니다
꽃들의 춤사위도 보지 못하고
새들의 노랫소리도 듣지 못하고
주위 사람의 아픔도 알아채지 못했습니다

소중한 것을 지키려
너무도 많은 욕심을 부렸습니다
바람의 얘기도 듣지 못하고
계절의 바뀜도 느끼지 못하고
스쳐간 많은 이들의 애달픔도 모른 채
더 가지기 위해 바쁘게 살았습니다

지켜야 할 것은 더 이상 소중한 것이 아니고
찾아야 할 것도 더 이상 소중한 것이 아니라고

끝도 없을 것 같은 산길을 오르고 내리면서

불어오는 산바람의 속삭임을 듣고

아무렇게나 피어 있는 들꽃을 보면서

산에 물들어 산이 되고부터 알게 되었습니다

오늘에서야

아무것도 하지 않아도
아무것도 계획하지 않아도
아무것도 후회하지 않아도
그냥 가만히 숨만 쉬어도
하루가 지나간다는 사실을
오늘에서야 알게 되었습니다

이야기하자

경험은 이야기 속에서
기억으로 살아나고
소망은 이야기를 하면서
간절함으로 변한다

아픔은 이야기를 통해
따뜻함으로 나눠진다
우리 모두 이야기하자
아름다운 추억이 소망으로 바뀌고
아픔을 나눠 가져 사라질 때까지
마음껏 이야기하고 노래 부르자

모지사바하

바람이 허공에 새긴 반야심경
흐르는 물에 씻겨 사라진다

물에 떠 흘러가는 마음
바람이 되어 허공에 새긴다

모지사바하

해돋이

긴 밤 추위에 떨며 기다린 것은
오늘 떠오르는 저 태양인가
어제 떠올랐던 태양이었나
아님 내일 떠오를 태양인가

나는 떠오르는 태양을 보며
몸을 파고드는 추위를 느낀다

태양은 태양이고 추위는 추위다

나는 나고 태양은 태양이었다

봄비

봄비에 쌓인 눈이 녹듯
살아온 기억들이 사라집니다

겨울의 찬바람 같은
인생의 고단함도
겨울의 황량한 들판 같은
인생의 고독도
겨울의 긴 밤 같은
인생의 긴 기다림도
겨울의 타오르는 장작불 같은
인생의 화려한 순간들도

소리 없이 내리는 봄비에
녹아내려 사라집니다

그러면 꽃도 피겠지요

핀 꽃 고이 꺾어

어머니께 드릴게요

어머니 사랑합니다

나무

나무가 인간과 다른 점은
말이 없다는 겁니다

인간이 나무처럼
말이 없었다면
예수 석가 마호메트가
필요 없었겠지요

산행 길에 만나는 나무가
우리가 절대적으로
믿고 있는 그들과 같았다면
나무가 나무로 존재하지
않았겠죠
나무는 그래서 좋습니다

생각

생각은 하늘의 비가 되어

들판의 꽃을 피게 하고

나무의 푸른 잎을 덮게 하고

온 산을 하얗게 덮어

피곤했던 산을 겨우내 잠들게 한다

회색 도시의 생각은

지난날을 후회하고

앞날을 걱정하고

현실을 거부하고

쓰레기 음식과

가공된 액체를 찾아 헤맨다

나무2

친구여!

대지에 뿌리를 내리고

수십 년 많게는 수백 수천 년을

오로지 하늘을 향해 자라는

나무를 아는가?

그 나무가 하는 말을 들어 본 적이 있는가?

그 나무가 슬픔에 빠져 떨고 있을 때

안아 본 적이 있는가?

빗방울

하늘에서 떨어지는 물방울이
슬픔이라고
하늘에서 떨어지는 물방울이
기쁨이라고
하늘에서 떨어지는 물방울이
외로움이라고
하늘에서 떨어지는 물방울이
빗방울이라고

그렇게 빗방울은 떨어져
소리 없이 사라진다

좀 거리를 두고 보게나

살아가는 동안
순탄치 않다고 실망하지 말게

하늘에서 본 모든 강물은
굴곡 지지 않은 것 하나 없었네

단지,
그 삶의 과정에 있기 때문에
그렇게 느끼는 거라네

삶과 인생의 본모습을 보려거든
조금 거리를 두고 보게나
너무 자세히 가깝게 본다면
절대 알 수 없다네

어머니2

아프고 고통스러운 시간들이 지나갔듯이
슬프고 안타까워 가슴 아픈 지금도 지나가리라
지나가리라 지나가리라
지나가리란 걸 알기에 더욱 가슴 아파요
이런 모든 것이 지나가리라
당신의 기억이 모두 사라지고 그렇게 지나가리라
하지만 영원히 변치 않고 지나가지 않는 하나
내 머릿속에 당신 사랑의 기억이지요
모든 것이 지나가고 흔적조차 없이 사라지겠지만
나에 대한 당신 사랑의 기억은 영원할 거예요

겨울 산

찬란한 햇살이 계곡 얼음 속에 갇히고
황량한 들판의 쓰러진 갈대의 꿈은
하늘을 나는 까마귀 외마디 울음으로
허공의 바람 되어 흩어진다

푸른 옷 벗어 세월의 상처 드러난 산
얼어붙은 아픔을 덮으려
하얀 국화꽃이 사뿐히 놓일 때
그 그늘진 계곡은
눈물조차 얼어 버린다

깜깜한 어둠이
고라니 눈알을 목걸이로 장식할 때
시퍼런 칼날의 살기는
바람으로 파고든다

한 번쯤

한 번쯤 고민을 해야 한다
누구나 늙어 가고 있다는 것을
그것도 자기의 의지와 무관하게

한 번쯤 안타까워해야 한다
누구도 자연에서 벗어날 수 없음을
그리고 주어진 능력이 없음을

한 번쯤 깨달아야 한다
지식과 경험으로 이룬 성공과 행복이
세상이 바뀌어야 한다는 생각이
어리석었음을

冰晶顶

햇살은 눈이 되어 나무에 내리고
눈은 바람 되어 하늘에 날린다
젊음이 햇살 되어 반짝일 때
늙음은 눈이 되어 녹아내리네
불어오는 바람이 세월이라면
젊음과 늙음이 얼음 되어 갇힌다

소나무에 핀 눈꽃(东梁)

꽃들이 교만함을 피우며 향기로 유혹할 때

천년 세월 인내하며 하늘 받들어 겸손했네

비바람에 흔적조차 잃은 꽃들이 애원할 때

폭풍우 심술 난 고통을 아픔으로 받았네

풍성함을 뒤로하고 낙엽 되어 떨어질 때

어제처럼 푸르름으로 아픈 이 보살피네

차디찬 눈보라에 흔적조차 없어질 때

아름다움보다 아름다운 눈꽃으로 용서하네

등산

고의가 없다면 이렇게 자주 비가 내릴 이유는 없다

누군가 산에 올라가는 것을 지극히 싫어하나 보다

그렇지 않으면 이렇게 자주 비가 내릴 이유는 없다

누군가 산에 왜 가는지 지나가는 바람인 양 물어본다

매번 산에 올라가는 모습에 이유가 궁금했나 보다

그렇지 않으면 자신이 산에 가는 이유를 잃어버렸던가

바람 지나 눈이 올 때 나는 산에 왜 가는지 생각해 본다

바람 불고, 춥고, 미끄럽고, 왜 산에 오르는지 궁금했다

그때 그렇게 묻지 않았다면

아마도 산에서 내려오지 못했을 것이다

그때 그렇게 묻지 않았다면

마음이 아지랑이처럼 실체 없음을 느끼지 못했다면

아직도 산길을 헤매고 있었을 것이다

휴가 여행처럼 살아가리라

ⓒ 들풀, 2023

초판 1쇄 발행 2023년 7월 31일

지은이   들풀
펴낸이   이기봉
편집   좋은땅 편집팀
펴낸곳   도서출판 좋은땅
주소   서울특별시 마포구 양화로12길 26 지월드빌딩 (서교동 395-7)
전화   02)374-8616~7
팩스   02)374-8614
이메일   gworldbook@naver.com
홈페이지   www.g-world.co.kr

ISBN   979-11-388-2143-8 (03810)